CATALOGUE

DE

TABLEAUX ANCIENS

DES DIVERSES ÉCOLES

TABLEAUX MODERNES

Dessins, Aquarelles, Gouaches, Fusains, etc.

Estampes, Cadres dorés

ET

OBJETS DE CURIOSITÉ

DONT LA VENTE AUX ENCHÈRES PUBLIQUES AURA LIEU

HOTEL DROUOT, SALLE N° 4

Le Vendredi 24 Novembre 1871

A UNE HEURE ET DEMIE PRÉCISE

Par le ministère de M° **ESCRIBE**, Commissaire-Priseur,
rue de Hanovre, 6,

Assisté de **MM. DHIOS** et **GEORGE**, Experts, rue Le Peletier, 33.

EXPOSITION PUBLIQUE

Le Jeudi 23 Novembre 1871, de 1 heure à 5 heures.

———

PARIS — 1871

EXEMPLAIRE DE DHIOS

RENOU ET MAULDE

IMPRIMEURS DE LA COMPAGNIE DES COMMISSAIRES-PRISEURS

Rue de Rivoli, 144

———

Elle aura lieu au comptant.

Les Adjudicataires paieront CINQ CENTIMES PAR FRANC, en sus des enchères, applicables aux frais de vente.

1. Berthelemy 468
2 Kapinos 523
3 Zborowski 530
4 Cohard 531
5 Levg. 543
6 Mme.M. 544
7 Seguin 545
8. Garré 551
9 Delaunois 555
10. Thévelin 557
11. Renaud 558
12. Michau 560
13. Kiéné 563
14 Brivet 569.
15 J. 000
16. Châteaudun 000
17. Etude. 000

DÉSIGNATION

TABLEAUX ANCIENS

1 + **Abbate** (Nicolo del). Embarquement.

2 + **Anselmi** (Michel-Ange). Le Repos de la sainte Famille.

La sainte Famille, entourée d'anges, en adoration devant l'Enfant Jésus. Dans la partie supérieure de la composition, des anges se jouent dans les branches d'un palmier. Peinture toute Corrégesque.

3 + **Bagnacavallo** (Bartolomeo Ramenghi). La Vierge, l'Enfant, saint Sébastien et saint François.

4 + **Beaubrun**. Dame de distinction, assise dans un parc, à l'ombre d'un parasol tenu par un petit nègre.

5 + **Bibbiena**. Palais italiens.

6 + **Bloemen** (Pierre van). Cavaliers arrêtés au milieu d'un camp.

7 + Id. Le Trompette ; pendant du précédent.

8 + **Boucher** (D'après). Naïades.

9 + **Capelle** (J. van). Port de mer de Hollande.

10 + **Catena** (Vincent). La Vierge, l'Enfant, saint Joseph et sainte Catherine.

11 † CHARDIN (Genre de). Lièvre mort, jambon, etc., sur une table.

12 † CRIVELLONE. Poussins pillant des raisins.

13 † DAVID (École de). Disciple du Christ refusant de sacrifier aux faux dieux.

14 † DIEBOLT. Pêcheurs.

15 † DOMINIQUIN (École de). Hercule et Omphale.

16 † ESCALANTE. Judith.
Belle esquisse dans le sentiment du Tintoret.

17 † EVERDINGEN (Attribué à). Paysage avec chute d'eau.

18 † FRAGONARD (Attribué à). Sujet tiré de l'histoire grecque (Esquisse).

19 † GUIDE (École du). La Vierge et l'Enfant Jésus.

20 † HOREMANS. Repas de villageois.

21 † JEAURAT (Attribué à). Esquisse.

22 † LALLEMAND. Paysage avec figures.

23 † LEMOINE. Vénus et l'Amour.

24 † LOO (César van). Paysage ; effet de neige.

25 † MAAS (Nicolas). La Correction.

26 † MALLEBRANCHE (1821). Paysage ; effet de neige.

27 † MICHEL. Deux Paysages ; études sur papier.

28 † MICHEL. Étude de paysage.

29 † MIGNARD. Le Crucifiement de Jésus.

30 † MOMPERE (Josse). Pays montagneux traversé par un torrent.

31 † MOREAU (Louis). Paysage et ruines (Gouache).

32 † MORGENSTERN. Intérieur d'église.

33 † MURILLO (D'après). Sainte Famille.

34 † PANINI. Sacrifice païen.

35 + **Panini.** Intérieur de palais. Plume et encre de chine. — *Renaud*

36 + **Poelemburg** (Manière de). Baigneuses. — *Michau*

37 + **Prudhon** (Attribué à) Esquisse. — *Renaud*

38 + **Raphael** (D'après). La Vierge et l'Enfant Jésus. — *G*

39 + **Rembrandt** (D'après). Philosophe. — *Renaud*

40 + **Reni** (Guido). Saint Mathias. — *Kapnitz*

41 +   Id.   Figure d'apôtre. — *Kapnitz*
Peintures vigoureuses de la première manière du Guide, exécutées sous l'influence des œuvres de Caravage.

42 + **Restout.** Le Serpent d'airain. — *Renaud*
Esquisse.

43 + **Ruysdael** (École de). Le Torrent. — *G*

44 + **Sarrazin.** Ruines; deux pendants. — *Étude G*

45 + **Téniers** (École de). Intérieur flamand. — *G*

46 + **Titien** (D'après). Vénus couchée. — *Chateauvillas*

47 + **Weenix.** Oiseaux morts sur une table auprès d'une manne d'osier. — *G*

48 + **Zuccarelli.** Grand Paysage avec figure. — *Renaud*

49 +   Id.   Pâtres, Bestiaux et Chevaux à l'écurie; deux pendants. — *Mme Kiené*

50 — **École française.** Portrait de Marie-Antoinette au Temple. — *Berthelemy*
Curieux portrait d'époque.

51 + **École française.** Boucher présenté à la Pompadour. — *Renaud*

52 + **École française.** Femme endormie. — *Chateauvillas*

53 +   Id.   Jeune Fille couchée. — *Chateauvillas*

54 +   Id.   Épisode d'incendie. — *Mme M*

55 +   Id.   Portrait d'homme. — *Berthelemy*

—56 + Six Études de paysages; vues prises dans les Alpes.

57 + ÉCOLE FRANÇAISE. Petite Villageoise. Dessin aux deux crayons.

58 + ÉCOLE FRANÇAISE. Portraits de Louis XIV et de Louis XV; deux pendants, avec cadres en bois sculpté et doré.

59 + ÉCOLE ITALIENNE. Deux Paysages formant pendants.

60 + ID. Apothéose d'une Sainte.

61 + ID. Deux Paysages sur toile.

62 + ID. Deux Tableaux de fruits.

63 + ID. Vénus et Amours.

64 + ÉCOLE ESPAGNOLE. Nature morte : fruits dans une corbeille, fromage, etc., sur une table, à l'entrée d'un parc.

65 + ÉCOLE HOLLANDAISE. Portrait d'une princesse d'Autriche.

66 + Un lot d'anciennes Peintures sur panneau, Vues de villes fortifiées.

67 + Trois Bordures dorées.

68 + Douze Bordures dorées.

69 — Deux Cartons contenant environ 500 dessins et gravures. Ce lot sera divisé.

70 + Deux Gravures, d'après Rubens.

71 + La Reine d'Angleterre, gravure, d'après Winterhalter.

TABLEAUX MODERNES

72 + BORIONE (W.). Jeune Femme (Pastel). —

73 + BOUDIN. Marine. —

74 + BOUTIBONNE. Étude de femme. —

75 + CHAPLIN (D'après). Femme à sa glace. —

76 +   ID.   Jeune Femme en buste. —

77 + COUTURIER. Femme couchée. —

78 + DUCORNET (César). Frère et sœur. —

79 + DULONG (1839). Retour de chasse au faucon ; scène
d'intérieur du temps de Louis XIII. —

80 + DULONG (1863). Renard et Poule. —

81 + DEVEDEUX (D'après). Pacha et Esclaves. —

82 + DUVIEUX. Pêcheur à la ligne. —

83 + ELMÉRICH. Le Printemps. —

84 + JUGELET. Deux Marines. —

85 + KARCHER. Deux petits Paysages en pendants. —

86 + KUWASSEG fils. Marine. —

87 + LONGUET. Paysage. —

88 + E. LORSAY. Femme à sa toilette. Dessin rehaussé
d'aquarelle. —

89 + LUMINAIS. Le Retour des pêcheurs. —

90 +   ID.   Femme au bain (Fusain). —

91 + MELLÉ. Torrent. Mine de plomb. —

92 + MOINE (Antonin). Tête de Christ (Pastel). —

93 + MOLIN. Rivière avec bateau. *Château*

94 + ID. Bords de rivière.

95 + MONGINOT. Tête de femme en profil.

96 + MONTICELLI. Amours auprès d'une source. *Renaud*

97 + PICHAT. Costume Henri III (Aquarelle). *Château*

98 + RONJON. Tête de moine.

99 + ID. Sultane au bain (Aquarelle).

100 + ROUARGUE. Port de mer (Aquarelle).

101 + ROUX, 1826. Renard surprenant des oiseaux de
basse-cour. *Michau*

102 + THORIN. Nymphe et Amour. *Châteauville*

103 + VOILLEMOT (Charles). Druidesse.

104 + WAREY. Côtes de Normandie.

105 + WORMS. Régates ; deux pendants.

106 + ÉCOLE MODERNE. Épisode de révolution. *Delaurier*

107 + ID. Vue de Venise. *G.*

108 + ID. Entrée de bois. *Levy*

109 + ID. Petite Fille tenant un chien. *Levy*

110 + ID. Portrait de Nina Lassave, maî-
tresse de Fieschi. *Michau*

111 + ID. Paysage. *Renaud*

112 + ID. Femme se couchant (Sanguine). *Châteauville*

113 + ID. Femme de Nice (Aquarelle).

114 + ID. Paysage ; chute d'eau.

CURIOSITÉS

—

115 + Devanture de meuble en chêne sculpté.
116 + Chimère chinoise. Bronze avec socle.
117 + Chimère en bronze.
118 + Un Pot à tabac. Bronze.
119 + Un groupe en bronze : l'Ours malade, par Fratin.
120 + Chien et Tortue (bronze), par Jacquemard.
121 + Deux Dragons en terre de Chine émaillée.
122 + Deux Tabourets de jardin, terre émaillée de Chine.
123 + Un Cadre bois sculpté et doré.
124 + Une Jardinière marqueterie de cuivre et d'écaille.
125 + Une Table boîte à couleurs, bois de chêne sculpté.
126 + Un Trophée d'armes et flèches indiennes.
127 + Une Portière en tapisserie ancienne.
128 + Statue de grandeur naturelle : Femme indienne.
129 + Deux Figurines bois sculpté.
130 — Deux Dessus de consoles en marbre.

Renou et Maulde, imprimeurs de la Compagnie des Commissaires-Priseurs,
rue de Rivoli, 144.

www.ingramcontent.com/pod-product-compliance
Lightning Source LLC
LaVergne TN
LVHW021620170726
843501LV00010B/4078